AF463228

CATALOGUE

DE LA

Bibliothèque de M. le Comte D'HÉRISSON

OUVRAGES ANCIENS ET MODERNES

BEAUX-ARTS

DESSINS, GRAVURES ET LITHOGRAPHIES

DES XVIIe, XVIIIe ET XIXe SIÈCLES

Littérature — Histoire de France et des Pays étrangers — Voyages en Europe, Asie, Afrique, Amérique

COLLECTION DE LIVRES RARES ET CURIEUX

Sur la Chine, la Cochinchine, le Tonkin et le Japon

DONT LA VENTE AURA LIEU

RUE DES BONS-ENFANTS, N° 28

SALLE N° 3

Les Vendredi 22 et Samedi 23 Avril 1892

A HUIT HEURES PRÉCISES DU SOIR

Par le ministère de Me **G. BOULLAND,** Commissaire-Priseur,
rue des Petits-Champs, 26.

PARIS

Antonin CHOSSONNERY, Libraire

9, Rue de Savoie, 9

1892

IMPRIMERIE MAULDE ET RENOU

A. MAULDE & Cie

IMPRIMEURS DE LA COMPAGNIE DES COMMISSAIRES-PRISEURS

Rue de Rivoli, 144 — Paris

ORDRE DE LA VENTE

Vendredi 22 Avril........................	Nos 1 à 88
Samedi 23 —	Nos 199 à 227 Nos 89 à 198

A la fin de cette vacation, il sera vendu plusieurs lots de Livres de divers genres.

CONDITIONS DE LA VENTE

La vente se fait au comptant.

Les acquéreurs paieront CINQ POUR CENT en sus des enchères, applicables aux frais.

Les livres devront être collationnés sur place dans les vingt-quatre heures de l'adjudication. Passé ce délai, ou une fois sortis de la salle de vente, ils ne seront repris pour aucune cause.

M. A. CHOSSONNERY, chargé de la vente, remplira les Commissions des personnes qui ne pourraient y assister.

M. A. CHOSSONNERY se réserve la faculté de réunir en un seul lot, ou de diviser les articles du Catalogue, qu'il jugera utile à l'intérêt de la vente.

A. MAULDE et Cie, imprimeurs de la Compagnie des Commissaires-Priseurs, rue de Rivoli, 144 600—23141

CATALOGUE

DE

BONS LIVRES

ANCIENS ET MODERNES

THÉOLOGIE, SCIENCES DIVERSES

1. **Calmet** (Dom). Dictionnaire historique de la Bible. *Paris*, 1730, 4 vol. in-fol., pl. v. éc. fil.

2. **Flavii** (Josephi). Opera omnia. *Coloniæ*, 1691, in-fol. vél.

3. **Natalibus** (Petrus). Catalogus sanctorum et gestorum eorum ex diversis voluminibus collectus editus a Reverendis, in christo patre D. Petro de Natalibus. *Vicentiæ*, 1493, pet. in-fol., nombr. lettres ornées, cuir de Russie.

   Première édition de cet ouvrage.
   Très rare.

4. **Gregorius.** Moralia sancti Gregorii papæ super. Job. *Venetes Impressa*, per *Andream de Torresanis*, 1496, pet. in-fol. à 2 col., vél.

5. **Brutus** (Petrus). Veneti episcopi catharensis ad viros nobiles Vicentinos de omni genere virtutis bene meritos victoria contra Judæos. *Vicentiæ*, 1488, in-fol., v., tr. dor.

   Edition de la plus grande rareté.

6. **Burnet.** The history of the reformation of the church of England. *London*, 1681, 3 vol. in-fol., v. br.

7. **Hübner** (Baron de). Sixte-Quint. *Paris, Frank*, 1870. 3 vol. in-8°, vél. bl.

8. **Chateaubriand.** Génie du Christianisme, 1809, 5 vol. in-8, v. m., dent.

9. **Montesquieu.** Œuvres complètes. *Basle*, 1799, 8 vol. in-8, v. rac., fil.

10. **Montaigne** (Essais de). *Paris, Lefèvre*, 1818, 5 vol. in-8, portr., v. f., dent., tr. dor.

11. **Montaigne** (Essais de). Publ. par Amaury Duval, 1824, 6 vol. in-8, demi-rel. *(Taches aux 1ers ff. du tome Ier.)*

12. **Saavedra Faxardo.** Idea de un principe politico christiano representada encien impressas. *Valencia*, 1675, in-4, bas.

13. **Plata** (Fr. de). De restitutionum usurarum et excomunicationum. *Cremonæ*, 1472, in-4, bas.

14. **Beaude.** Dictionnaire de Médecine usuelle à l'usage des gens du monde. *Paris*, 1870, 2 vol. gr. in-8, à 2 col. demi-chagr. rouge.

15. **Medicæ** artis principes, post Hippocratem et Galenum. *Excudebat Henr. Stephanus*, 1567, gros in-fol., cuir de Russie, tr. dor.

16. **Flammarion.** Astronomie populaire, 1881, gr. in-8, illustr. demi-chagr. tr. dor.

17. **Collin de Plancy.** Dictionnaire infernal. *Paris*, 1863, gr. in-8, illustré, demi-chagr. rouge.

BEAUX-ARTS, ARTS DIVERS

18. **Arts** (Les) au Moyen Age, par Du Sommerard. Atlas gr. in-fol., demi-chagr. *(Taches d'humidité.)*

19. **Hogarth.** The Works of W. Hogarth, from the original plates restored by J. Heath. With the addition of many subjects not Before collected to wich are prefixed, a biographical essay on the Genius and productions of Hogarth and explications of the subjects of the plates, by J. Nichols. *London*. S. d., gr. in-fol. portr. et 115 pl., demi-maroq. rouge av. coins, tr. dor.

20. **Christ.** Dictionnaire des monogrammes, chiffres, lettres initiales, etc. *Paris*, 1750, in-8, pl. bas.

21. **Stella.** Les Jeux et Plaisirs de l'enfance. *Paris*, 1657, int-4 obl , 50 pl. parch. *(La planche 49 manque).*

22. **Misères** (Les) et les Malheurs de la guerre, présentés par Jacques Callot et mis en lumière par Israël. *Paris,* 1633, in-4, titre et 17 grav., demi-chagr. Lavall.

23. **Bapst** (G.). Etudes sur l'étain dans l'antiquité et au Moyen Age. Orfèvrerie et industries diverses. *Paris*, 1884, in-8, fig., demi-chagr. bl.

24. **La Lande** (De). Art de faire le papier, in-fol., 14 pl. cart.

25. **Cuisine** (La) classique, par Urbain Dubois et Em. Bernard. *Paris*, 1876, 2 vol. in-4, pl., demi-chagr.

26. **Croquis de Chasse.** Album lithogr. de Becquet fils, de 8 pl. in-4. obl., cart.

27. **Chasse**. Album de 12 pl. in-4., cart.

28. **Rich**. Dictionnaire des Antiquités romaines et grecques, trad. de l'angl., par Cheruel. *Paris, Didot*, 1861, in-8, fig., demi-maroq. rouge.

28 *bis*. **Boinvilliers**. Dictionnaire des Antiquités grecques et romaines, 1824, in-8, demi-chagr. bl.

29. **Guichard** (Cl.). Funérailles des diverses manières d'ensevelir des Romains, Grecs et autres nations. *Lyon, J. de Tournes*, 1581, in-4, fig., parch. *(Taches).*

30. **Bayfius** (Laz.). Opera omnia. *Lutet. Rob. Stephani*, 1549, in-4, fig., parch.

Ce volume contient quatre traités sur les captifs, sur les affaires de la Mer, sur les costumes et sur les vases, on y trouve aussi un traité sur les couleurs.

31. **Archéologie.** 6 vol., in-4, in-8 et in-12, rel.

LONGPÉRIER (De). Archéologie orientale, monuments arabes., gr. in-8, fig. — *Bargès* (L'Abbé). Mémoire sur deux inscriptions uniques, découvertes dans l'île du Port-Cothon, à Carthage, in-4, fig. — *Bosc* (Ern.). Dictionnaire général de l'Archéologie et des Antiquités chez les divers peuples, in-12, fig. — *Ménard*. De la sculpture antique et moderne. — *Beulé*. Fouilles et Découvertes, etc., 2 vol, in-12.

*

LITTÉRATURE

Ancienne et Moderne

32. **Suidæ** Lexicon. (Græce). *Mediolani*, 1499, 2 vol. in-fol., maroq. rouge, fil., tr. dor. *(Derôme.)*

Bel exemplaire de la première édition de ce grand lexique ; le premier feuillet du premier volume est raccommodé dans la marge supérieure.

33. **Doletus** (Steph.). Commentariorum linguæ latinæ. *Lugduni, apud Seb. Gryphium*, 1536, 2 vol. in-fol., maroq. rouge, tr. dor. *(Anc. rel.)*

34. **D. J. Juvenalis**. Satyræ. *Ultrajecti*, 1685, in-4, gr. pap., maroq. rouge, tr. dor.

35. **Lactantii Firmiani**. Opera. *Impress. Venetiis*, 1478, in-fol., demi-rel.

Très rare.

36. **Mantuani**. Opera. *Impressum Bononiæ*, per Benedictum Hectoris, 1502, in-fol., cuir de Russie.

Exemplaire à toutes marges; quelques raccommodages.

37. **Plutarque**. Œuvres, traduites du grec, par J. Amyot. *Paris*, 1783, 22 vol. in-8, fig. de Le Barbier, v. rac., dent.

38. **T. Livii**. Patavini, Historiæ romanæ. *Lutetiæ, Mich. Vascosani*, 1552, in-fol., cuir de Russie.

39. **P. Virgilii** Maronis. Opera omnia. *Venetiis, apud Juntas*, 1552, in-fol., parch., fig.

Édition remarquable par ses nombreuses et curieuses figures sur bois.

40. **Xenophontis** quæ extant Opera, grec et latin. *Excudebat, Henr. Stephanus*, 1581, in-fol. réglé, cuir de Russie, tr. dor.

41. **Jérusalem délivrée**, poème, traduit de l'italien. *Paris*, 1803, 2 vol. in-8, fig. de Le Barbier, bas. m., dent.

42. **Boileau-Despréaux**. Œuvres complètes. *Paris*, 1810, 3 vol. in-8, v. rac., dent.

43. **Musset** (Alfred de). Œuvres complètes, édition

ornée de 28 gravures d'après les dessins de Bida. *Paris, Charpentier*, 1879, 11 vol. in-8, demi-v. f.

44. **Musset** (Alfred de). Premières poésies. *Paris, Charpentier*, 1867, 2 vol. in-12, vél. bl.

45. **Bonaparte** (Lucien), prince de Canino. Charlemagne ou l'Eglise délivrée, poème épique en vingt-quatre chants. *Rome*, 1814, 2 vol. in-4, demi-chagr., v.

46. **Histoire** macaronique de Merlin Coccaie. *Paris*, 1606, 2 vol., pet. in-12, v. f.

47. **Cervantes Saavedra.** El Ingenioso don Quixote de la Mancha. *Madrid, J. Ibarra*, 1780, 4 vol. in-4, fig., v. rac., dent., tr. dor.

48. **Sterne.** Voyage sentimental *Paris, Defer et Maisonneuve, s. d.*, 2 vol. in-fol., fig. de Monsiau, v. rac.

49. **Bernardin de Saint-Pierre.** Paul et Virginie. *Paris, Liseux*, 1879, in-12, fig., demi-maroq. br. avec coins, tr. supér. dor., n. rog.

50. **Musäus.** Volksmählchen der deutschen. *Leipsig*, 1842, gr. in-8, fig., demi-chagr.

51. **Louvet de Couvray.** Les Amours du Chevalier de Faublas. *Paris, Tardieu*, 1821, 4 vol. in-8, fig. de Colin, v. f., fil.

52. **Balzac.** Œuvres. *Paris, Michel Lévy*, 1865-68, 45 tomes en 22 vol., demi-v. f.

53. **Balzac.** Les Contes drolatiques, 5e édition, illustrée de 425 dessins par Gustave Doré. *Paris*, 1855, in-8, demi-chagr.

54. **Dumas** (Alex.). Romans divers, 22 vol. in-12, rel.

55. **Répertoire** du Théâtre-Français, publié par Petitot. *Paris*, 1803-19, 27 vol. in-8, v. m.

56. **Racine.** Œuvres. *Paris*, 1760, 3 vol. in-4, fig. et vign. dess. par de Sève, grav. par Sornique et Baquoy, v. rac.

57. **Racine** (J.). Œuvres complètes. *Paris, Didot jeune*, 1796, 4 vol. in-8, fig. de Lebarbier, v. rac., fil.

58. **Molière.** Œuvres complètes, publiées par Picard et Etienne. *Paris*, 1830, 6 vol. in-8, vél. bl.

59. **Regnard** (Œuvres de). *Paris*, 1790, 4 vol. in-8, fig. de Borel, v. rac., dent.

60. **Shakspeare** (The pictoral edition of the Works of) edited by Ch. Knight. *London*, *Virtue et C°*, *s. d.*, 8 vol., gr. in-8 à 2 col., illustr., demi-chagr. rouge.

61. **Lettres** de Mme de Sévigné, de sa famille et de ses amis, publ. par Gault de Saint-Germain. *Paris, Dalibon*, 1823, 12 vol. in-8, portr., demi-v. v.

HISTOIRE DE FRANCE

62. **Dreyss** (Ch.). Chronologie universelle. *Paris*, *Hachette*, 1873, 2 vol. in-8, vél. bl.

63. **Pascal** (Adr.). Histoire de l'Armée et de tous les régiments. *Paris*, *Barbier*, 1848, 4 vol., gr. in-8, fig. color., demi-chagr.

64. **Michaud**. Histoire des Croisades. *Paris,* 1819, 7 vol. in-8, v. rac., dent.

65. **Castelnau** (De). Memoirs of the reigns of François II and Charles IX of France. *London*, 1724, in-fol., v. br., dent.

66. **Anquetil**. Précis de l'Histoire universelle, 8 vol. — L'Esprit de la Ligue, 2 vol. — L'Intrigue du cabinet, 2 vol. — Louis XIV, sa Cour et le Régent, 1818-19. Ens. 14 vol. in-8, v. rac., dent.

67. **Legrelle.** Louis XIV et Strasbourg, 1884, in-8, br.

68. **Journal** de Papillon de La Ferté, intendant et contrôleur de l'argenterie, menus-plaisirs du Roi (1756-1780), publ. par Ern. Boysse, 1887, in-8, br.

69. **Mallet du Pan.** Correspondance inédite avec la cour de Vienne (1794-1798), publ. par André Michel. *Paris*, 1884, 2 vol. in-8, br.

70. **Mounier**. 8 vol. in-8, rel. et 1 br.

Appel au tribunal de l'opinion publique du rapport de Chabrol, 1791. — Recherches sur les causes qui ont empêché les Français de devenir libres, 1792. — De l'influence attribuée aux philosophes, aux francs-maçons sur la Révolution de France (trois exemplaires). — Exposé de la conduite de Mounier dans l'Assemblée nationale. — Recueil de quatorze pièces formé par Mounier, avec une table autographe de sa main. — Jean-Jos. Mounier, sa vie politique et ses écrits, par de Lanzac de Laborie, etc.

71. **Louis XVII**, par Chantelauze, 1884, in-8. — Un crime politique, étude historique sur Louis XVII, par Otto Friedrichs. *Bruxelles*, 1884, in-8, portr., br. — Le Journal de M. de Cassagnac et Louis XVII, par le même. — Louis XVII, plaidoirie, par J. Favre. 1884, in-12, demi-rel.

72. **Beauchamp** (De). Histoire de la guerre de Vendée. *Paris*, 1820, 4 vol. in-8, demi-v.

73. **Mémoires historiques**, 10 vol. in-8, rel. et br.

Mémoires sur Louis XVI, publiés par Bertrand de Molleville. — Mémoires sur la cour de Louis Napoléon, de Hollande. — Captivité de Louis XVI et de la famille royale au Temple. — Mémoires historiques de l'empereur Alexandre, par de Choiseul-Gouffier. — Souvenirs du duc de Lévis, 1780-89. — Almanach royal de 1785, etc.

74. **Mélanges**, 4 vol. in-8, rel. et br.

Un Fonctionnaire d'autrefois, par Lafaurie. — Les Diamants de la couronne, par Louis Enault, figures. — Le Luxembourg, récits et confidences, par Louis Favre. — Toussaint-Louverture, par Gragnon-Lacoste.

75. **Lettres** de Napoléon à Joséphine, pendant la première campagne d'Italie, le Consulat et l'Empire. — Lettres de Joséphine à Napoléon, et de la même à sa fille. 1833, 2 vol. in-8, br.

76. **Montholon** (Général comte de). Mémoires pour sevir à l'Histoire de France sous Napoléon. *Paris, Didot*, 1823, 6 vol. — Gourgaud, 2 vol. Ens. 8 vol. in-8, demi-v. v., n. rogn.

77. **Iung** (Th.). Lucien Bonaparte et ses Mémoires (1775-1840). *Paris, Charpentier*, 1883, 3 vol. in-8, br.

78. **Mémoires** du docteur Antommarchi ou les Derniers moments de Napoléon. 1825, 2 vol. in-8, demi-rel.

79. **Napoléon** (Sur). 9 vol. in-8, rel.

Hugo. Histoire de Napoléon. — Mémoires du général Rapp. — Mémoire justificatif du duc de Raguse. — Napoléon en Champagne, par Bordot. — O'Meara. Napoléon en exil. — Comte de Las Cases. Mémorial de Sainte-Hélène, 1823, 4 vol. in-8. (Envoi autographe de M. le comte de Las Cases a M. Denys.)

80. **Mémoires** de Ouvrard. *Paris*, 1826, 3 vol. in-8, bas.

81. **Vaulabelle** (De). Histoire des deux Restaurations. *Paris, Perrotin*, 1860, 8 vol. in-8, demi-v. v.

82. **Mémoires** du comte Beugnot, ancien ministre (1783-1815). *Paris*, 1868, 2 vol. in-8, cart., n. rog.

83. **Pène** (H. de). Henri de France. *Paris*, 1884, gr. in-8, portr., demi-chagr. bl.

84. **Soirées** de Sa Majesté Louis XVIII, recueillies et mises en ordre par le duc ***. *Paris*, 1835, 2 vol. in-8. demi-v.

85. **Napoléon III** (Sur), l'Impératrice et le Prince Impérial, 12 vol, in-12, br., par Mme Claretie, Paul Gaulot, Pierre de Lano, comte de Maugny, J. Claretie et autres.

86. OUVRAGES DE M. LE COMTE D'HÉRISSON :

1° Journal de la campagne d'Italie, in-12, papier de Hollande, br.;

2° La Légende de Metz, in-12, br.;

3° Journal d'un officier d'ordonnance, juillet 1870, février 1871, in-12, pap. de Hollande, br.;

4° Nouveau Journal d'un officier d'ordonnance. La Commune, in-12, pap. de Hollande;

5° Le Prince Impérial, in-12, pap. de Hollande;

6° Un Drame royal, in-12, pap. de Hollande;

7° Autour d'une Révolution, 1788-99, in-12, pap. de Hollande;

8° Le Cabinet noir. — Louis XVIII. — Napoléon. — Marie-Louise, in-12, br.;

9° Les Responsabilités de l'Année terrible, in-12, pap. de Hollande;

10° La Chasse à l'Homme. — Guerre de l'Algérie, in-12, pap. de Hollande.

87. **Guerre** (Sur la) de 1870-71, 15 vol. in-8 ou in-12.

L'Armée de l'Allemagne du Nord, par le comte de Rascon. — Note sur la guerre de 1870, par Darimon. — L'Invasion allemande, par le général Boulanger. — J. Favre. Mélanges politiques, judiciaires, etc., publiés par P. Maritain, et autres, par le comte de Kératry, Em. Corra, Duquet, Bastard, etc.

88. **Metz** (Sur). 5 vol. in-8 et in-12, rel. et br.

Metz, Campagne et Négociations, par un officier supérieur. — Blocus de Metz, par Bazaine. — Procès de Bazaine. — La Légende de Metz, par le comte d'Hérisson. Editions française et allemande.

89. **J. Favre**. Gouvernement de la Défense nationale. *Paris, Plon*, 1871, 2 vol. in-8, demi-chagr. Lavall.

90. **Moniteur** (Le) **prussien** de Versailles, publié par G. d'Heylli. *Paris*, 1871, 2 vol. gr. in-8, br.

91. **Album** de Caricatures diverses sur l'Empire, la Guerre et la Commune, in-4, demi-rel.

92. **Draner**. Souvenirs du siège de Paris, 31 pl. — Le Musée-Homme ou le Jardin des Bêtes, 8 pl. — Les Ex-Automédons, 24 pl. in-4, demi-rel.

93. **Paris** assiégé, Vie parisienne pendant le siège, par Draner, in-4, 31 pl. color., demi-chagr.

94. **Paris** dans les caves, par Moloch, 39 pl. color. — Actualités, 40 pl., n., col., en 1 vol. in-4, demi-rel.

95. **Draner**. Les Soldats de la République, album de 31 pl. color. cart.

96. **Album** comique des Affaires étrangères, 68 pl., in-fol. cart.

97. **Commune de Paris** (Sur la). 12 vol. in-12, br., par Marcellin Pellet, Camille Pelletan, G. d'Heylli, de Belina, Dalsème, l'abbé Delmas, etc.

98. **Commune de Paris** (Sur la). 12 vol. in-12, br., par le vicomte de Beaumont-Vassy, J. Clerc, Chincholle, L. Dupont, l'abbé Lamazou. Aug. Lepage, etc.

99. **Convulsions de Paris** (Les), par Maxime Du Camp, 4 vol. — Histoire de la Commune de Paris, par Arnould et l'abbé Vidieu. Ens. 7 vol. in-12, br.

100. **Histoire** de la Commune de 1871, par Lissagaray — Le fond de la société sous la Commune, par Dunban. — La Roquette, par l'abbé Amodru. — Histoire de la guerre civile de 1871, par L. Fiaux. — Notre-Dame-des-Victoires pendant la Commune, par Bargès. — Histoire de la Révolution du 18 mars, par Lanjalley et Paul Corriez. Ens. 6 vol. in-8, br.

101. **Souvenirs** de la Commune, par Scherer, 29 pl. color. — Agonie de la Commune, 16 pl. color. en 1 vol. in-4, demi-chagr.

102. **Rascon** (Comte de). L'Armée de l'Allemagne du Nord. *Paris*, 1880, in-8, maroq. v. doublé de tabis, tr. dor. *(Armoiries.)*

103. **Histoire** du Prince de Bismarck, par Ed. Simon. — Geschichte des Fürsten Bismarck, von Ed. Simon. — Le comte de Bismarck et sa suite pendant la guerre, par Moritz Busch. — La Société de Berlin, par le comte Paul Vasili. — Les Allemands, par le P. Didon. Ens. 5 vol. in-8, rel.

104. **Deschamps**. Les Sociétés secrètes et la Société, philosophie de l'histoire contemporaine. *Paris*, 1882, 3 vol. in-8, br.

105. **Drumont** (Ed.). La France juive, essai d'histoire contemporaine. *Paris, s. d.* 2 vol.. in-12, demi-rel.

106. **De Bus** (Fr.). La Politique contemporaine devant l'Histoire, 1884, 2 vol. in-8, demi-rel.

107. **Houssaye** (Arsène). Les Confessions, souvenirs d'un demi-siècle : 1830-1880. *Paris*, 1885, 4 vol. in-8, demi-v., br.

108. **Noblesse, Ordres de Chevalerie, Art héraldique**. 13 vol., in-8 et in 12 rel.

La Curne de Sainte-Palaye. Mémoires sur l'anc. chevalerie. — Histoire des ordres royaux, par Gautier de Sibert, 2 vol. — *Maigne*, Dict. des Ordres de Chevalerie. — La Noblesse commerçante. — Grammaire héraldique, de Gourdon de Genouillac. — Manuel héraldique ou la Clef de l'art du blason. — Etat de la Noblesse toulousaine, par Bremont. — Annuaire de la Noblesse, par Borel d'Hauterive, 1870, etc.

109. **Mannier**. Ordre de Malte. Les Commanderies du Grand-Prieuré de France. *Paris*, 1872, 2 vol. in-8, demi-chagr. rouge.

110. **Perrot**. Collection historique des Ordres de Che valerie civils et militaires, publ. par Fayolle. *Paris*, 1846, in-4, fig., demi-v. f.

111. **Menestrier**. Nouvelle méthode raisonnée du Blason. *Lyon*, 1770, in-8, blasons bas. *(Déchirure au titre)*.

112. **Rosny** (De La Gorgue). Recherches généalogiques sur les comtés de Ponthieu, de Boulogne, de Guines, etc. *Boulogne-sur-Mer*, 1874-77, 4 vol. in-8.

113. **L'ancien Bourbonnais**. Histoire, monumens, mœurs, etc., par Ach. Allier; grav. et lithogr. par Aimé Chenavard. *Moulins*, 1833, 3 vol., in-fol. dont 1 vol. d'Atlas, demi-chagr. rouge.

114. **Nicolay** (Nicolas de). Description générale du Bourbonnais en 1569, ou Histoire de cette province publ. par le comte M. d'Irisson d'Hérisson. *Moulins*, 1875, in-4, carte, demi-chagr.

115. **Nicolay** (Nicolas de). Description du Bourbonnais, publiée par Vayssière. *Moulins*, 1889, 2 vol., in-8, br.

116. **Tardieu** (A.). Histoire de la ville de Clermont-Ferrand. *Moulins*, 1870-71. 2 vol., in fol., demi-chagr. bl.

117. **Tardieu** (Ambr.). Histoire de la ville de Montferrand et du bourg de Chamalières en Auvergne. *Moulins*, 1875, gr. in-4, pl. demi-chagr. bl.

118. **Tardieu**. Histoire de l'administration municipale de Clermont-Ferrand, de 1840 à 1860. *Moulins*, 1876, in-4, 12 pl. cart.

Tiré à 100 exempl., non mis dans le commerce.

119. **Tardieu** (A.). Histoire de la ville, du pays et de la baronne d'Herment, en Auvergne. *Clermont-Ferrand*, 1866, gr. in-4, demi-chagr. bl.

120. **Tardieu** (Ambr.). Grand Dictionnaire historique du département du Puy-de-Dôme. *Moulins*, 1877, gr. in-4, fig., cart.

121. **Tardieu**. Dictionnaire des anciennes familles de l'Auvergne. *Moulins*, 1884, in-4, blasons, color. demi-v. f.

122 **Avannes** (D'). Esquisses historiques sur Navarre. *Paris*, 1839, 2 vol. in-8, demi-rel.

HISTOIRE ÉTRANGÈRE

Europe, Afrique et Asie

123, **Bergier** (Nic.). Histoire des Grands Chemins de l'Empire romain. *Bruxelles*, s. d., 2 vol. in-4, fig. et cartes, bas.

Exemplaire en grand papier.

124. **Histoire** de Jules César, par Napoléon III. *Paris*, *Imp. Imp.*, 1865, 2 vol., gr. in-4, demi-rel. toile.

125. **Liber** cronicarum cum figuris et imaginibus bainitio mundi usy nit temporis. *Imp. Aug. Vendelicorum*, 1497, pet. in-fol., nombr. fig., sur bois bas.

126. **Bouillet.** Dictionnaire d'Histoire et de Géographie, 1867, gr. in-8, cart. toile.

127. **Heinsius** (Dan.). Rerum ad Sylvam-Ducis atque alibi in Belgio auta Belgis, anno 1629, gestarum historia. *Lugd. Bat.* 1621, pet. in-fol., fig. et cartes. v. m.

128. **Beaurain.** Histoire militaire de Flandre, 1690-1694. *Paris*, 1755. 2 vol. in-fol., cartes, v. m.

129. **Lefèvre Pontalis.** Jean de Witt, grand pensionnaire de Hollande, vingt années de République parlementaire au XVIIe siècle. *Paris, Plon*, 1884, 2 vol., in-8 demi-chagr.

130. **Rulhière.** Histoire de l'Anarchie de Pologne, 1807, 4 vol. in-8, bas.

131. **Vues** d'Espagne. 17 planch. grav., en 1 vol. in-4, dem-chagr. Lavall.

132. **Jubinal** (Ach.). Armorial Réal ou choix des principales pièces de la Galerie d'armures anciennes de Madrid. *Paris, Didnot.*, Lithogr. de *Lemercier*, s. d., 3 vol grand in-fol., pl. color., demi-rel.

133. **Tchihatchef.** Espagne, Algérie et Tunisie. *Paris*, 1880, gr. in-8, carte, demi-maroq. n.

134. **Marmol.** Descripcion general de Africa, par El Veedor Luys del Marmol Caravajal. *Grenada*, 1573, 3 parts en 2 vol., in-fol. bas. (qq. piqures de vers).
Edition très rare.

135. **Tissot.** Recherches sur la géographie comparée de la Mauretanie Tingitane. *Paris, Imp. Nat.*, 1877, in-4, demi-bas.

136. **Tissot** (Ch.). Exploration scientifique de la Tunisie, Géographie comparée de la province romaine d'Afrique, Tome Ier. Géographie physique, historique et chonographie. *Paris, Imp. Nat.*, 1884, in-4., fig. et cartes, demi-rel. toile.

137. **Guérin** (V.). Voyage archéologique dans la Régence de Tunis. *Paris*, 1862. 2 vol., gr. in-8, demi-chagr.

138. **Tunisie** et **Italie**. Album de 75 planches photographiques, demi-chagr. rouge.

139. **Idh-Hav-Ul-Haqq** ou Manifestation de la vérité de El-Hage Rahmat-Ullah Effendi de Delhi, trad. de l'arabe, par un jeune Tunisien, revue et corrigée sur le texte, par Carletti. *Paris*, *Leroux*, 1880, 2 vol. in-8, cart. toile.

140. **Tunisie**. 6 vol., br. et rel.

Sebaut. Dict. de législation tunisienne. — *Pelissier*. Descript. de la Régence de Tunis. — *Rousseau*. Annales tunisiennes. — Léon *Michel*. Tunis. — *Marcel*. H^re de Tunis. — État de Tunis. 1703.

141. **Schaw**. Voyages dans plusieurs provinces de la Barbarie et du Levant, trad. de l'Anglais. *La Haye*, 1743, 2 vol. in-4, fig. et cartes, demi-rel.

142. **Daux**. Recherches sur l'origine et l'emplacement des Emporia Phéniciens dans le Zeugis et le Bizacium (Afrique sept.). *Paris*, *Imp. Imp.*, 1869, in-4, fig., demi-chagr.

143. **Voyages** dans les diverses parties du Monde. — Ouvrages anciens. 18 vol. in-12, rel.

Gemelli Careri. Tour du Monde. — Hist. des Sévarambes. — *Maundrell*. Alep à Jérusalem. — *Chev. des Marchais*, Guinée. — *Bernier*. États du Grand Mogol, etc.

144. **Voyages divers**. 15 vol. in-8, rel.

Guys. Grèce. — *Lechevallier*. La Troade. — *Savary*. Egypte. — *John White*. Nouvelle-Galles du Sud. — *Chastellux*. Amérique sept. — *J. Carver*. Parties intérieures de l'Amérique septentrionale.

145. **Herbelot** (d'). Bibliothèque orientale, 1781, 6 vol. in-8, v. m.

146. **Avril** (Le G.) Voyage en divers États d'Europe et d'Asie, entrepris pour découvrir un nouveau chemin en Chine. *Paris*, 1692, in-4, fig., v. br.

147. **Lepic** (Ludov.). La Dernière Égypte, *Paris*, *Charpentier*, 1884, gr. in-8, illustré demi-bas.

148. **Dessins** d'antiquités phéniciennes. 38 pièces in-fol.

149. **Sommaire** des privilèges octroyez à l'ordre de S. Jean, par les Papes, Empereurs, Roys, etc., tant en Hierusalem, Rhodes, qu'à Malthe, etc., par de Naberat. *S. l.* n. d., in-fol., demi-rel.

150. **Paule** (Marc). Venetien. Description géographique des provinces et villes plus fameuses de l'Inde orientale, mœurs, coutumes des habitants, etc. *Paris*, 1556, pet. in-4, v. f.

151. **Recueil** des voyages qui ont servi à l'établissement et aux progrès de la Compagnie des Indes orientales. *Rouen*, 1725, 18 vol. in-12. fig. et cartes, v. m.

152. **Howel** (Th.). Voyage autour de l'Inde. *Paris, an V*, in-4, cartes, demi-chagr. rouge.

153. **Rémusat**. Nouveaux mélanges asiatiques, 1829, 2 vol. in-8, demi-chagr.

154. **Jacolliot**. Voyage au pays des Bayadères, 1873. — **Debay** Les Nuits corinthiennes ou les Soirées de Laïs, 1872, 2 vol. in-12, vél. bl.

155. **Coxe**. Nouvelles découvertes des Russes entre l'Asie et l'Amérique. *Paris*, 1781, in-4, cartes, demi-v. f.

CHINE, COCHINCHINE, TONKIN, JAPON

156. **Ambassade** de la Compagnie orientale des provinces unies vers l'Empereur de la Chine, par de Goyer et de Keyser, publ. par Nieuhoff. *Leyde*, 1665, in-fol., pl., v. br.

157. **Bayerus** (Th. Sigefr.). Museum Sinicum inquo sinicæ linguæ et litteraturæ ratio explicantur. *Petropoli*, 1730, 2 tom. en 1 vol. in-8, pl., v br.

158. **Blaeu** (Joa.). Novus Atlas Sinennsis. 1654, gr. in-fol., cartes vél., orn. sur les plats.

159. **China**, its scenery, architecture, social habito illustrated. *London Fisher*, etc. s. d. 2 vol. in-4, chagr. v., tr. dor.

160. **Chine** (Histoire et Voyages en). 10 vol. in-12, br. et rel.

Ouvrages de David, baron de Contenson, Callery et Yvon, Fortia d'Urban, Sinibaldo de Mas, Pallegoix, William C. Mine.

161. **Chine**. Ouvrages divers, par Dabry, Lavoilée, Buchon, d'Irisson, Bonacassi, Hue, Th. de Ferrière, Biot, Schlegel, le P. Largeut, etc. 11 vol. rel. et 2 broch.

162. **Chine.** Voyages, Mémoires, etc., des XVIIe et XVIIIe siècles, 12 vol. rel.

Evert Isbrand. — Chev. de Chaumont. — Le P. Lecomte d'Anville, etc.

163. **Chine.** Voyages de Macartney, Ellis, Charpentier-Cossigny. 8 vol. in-8, fig. rel.

164. **Davis** (J.-F.). La Chine, trad. de l'angl. par Pichard. *Paris*, 1837, 2 vol. in-8, fig., demi-chagr. vert, non rogn.

165. **Duhalde** (Le P.). Description géogr., hist., chronologique de l'Empire de la Chine. *Paris*, 1735, 4 vol. in-fol., fig. et cartes, v. m.

166. **Expédition de Chine.** 5 vol. gr. in-8, br. et rel.

Lettres intimes d'Armand Lucy (2 exempl). — *Négroni.* Campagne de Chine. — *Baron de Bazancourt.* Chine et Cochinchine.

167. **Faits mémorables** des Empereurs de la Chine, grav. par Helman. *Paris*, s. d., 24 pl. in-4, cart.

168. **Girard** (L'abbé). France et Chine. Vie publique et privée des Chinois anciens et modernes. *Paris*, 1876, 2 vol. in-8, demi-chagr. rouge.

169. **Greslon** (Le Père Adr.). Histoire de la Chine sous la domination des Tartars. *Paris*, 1671, in-8, v. br.

169 *bis.* **Histoire** de la Conqueste de la Chine par les Tartars, par de Palafox, trad. de l'espagnol par Collé. *Paris*, 1670, in-8, v. br.

170. **Guignes** (de). Voyages à Peking, Manille et l'Ile-de-France. *Paris*, 1807, 3 tomes en 2 vol. in-8, demi-v. v. et Atlas in-fol.

171. **Histoire** du grand royaume de la Chine, situé aux Indes Orientales, par le R. P. J. Gonzalès de Mendoce, trad. en français par Luc de La Porte, parisien. *Paris*, 1588, in-8, parch.

172. **Itier** (J.). Journal d'un Voyage en Chine (1843-46). *Paris*, 1848, 3 vol. in-8, demi-chagr. bl.

173. **Ath. Kircheri** China Monumentis. *Amst.*, 1667, in-fol., pl. v. f.

174. **Kircher** (Ath.). La Chine illustrée de plusieurs monuments tant sacrés que profanes. *Amst.*, 1670, in-fol., fig., vél.

175. **Langue chinoise**. Manuel de style épistolaire. — Réthorique (Texte chinois). Ens. 4 vol. in-12, rel.

176. **Moyriac de Mailla** (Le Père). *Jésuite missionnaire à Pékin.* Histoire générale de la Chine, pub. par l'abbé Grosier. *Paris*, 1777, 13 vol. in-4, cartes et pl., v. m.

177. **Langue chinoise**, 5 vol. br. et rel.

De Guignes. Remarques philolog. — *Pauthier.* Doctrine du Tao. — *Abel Rémusat.* Eléments de la grammaire, etc.

178. **Le Comte** (Louis). Nouveaux mémoires sur l'Etat présent de la Chine. *Paris*, 1697, 3 vol. in-12, fig., maroq. vert, tr. dor.

Exemplaire aux armes de Mme Victoire.

179. **Macartney**. An authentic account of un Embassy from the King of great britain to the Emperor of China. *London*, 1797, 2 vol. in-4, fig., v. rac. dent. et atlas, gr. in-fol., demi-rel.

180. **Macartney** (Lord). Voyage dans l'intérieur de la Chine et en Tartarie, trad. de l'anglais, par Castera, 1804, 5 vol. in-8 et atlas, in-4, cart. — Relation de l'ambassade de lord Macartney à la Chine dans les années 1792-1794, 2 vol. in-8, bas. fil.

181. **Magaillam** (le R. P. Gabr. de). Nouvelle relation de la Chine, in-4, carte, v. m.

182. **Malpiere**. La Chine et les Chinois, mœurs, usages, fêtes, cérémonies religieuses, costumes, etc. *Paris*, 1840, 4 tomes en 2 vol., in-4, fig., demi-chagr. rouge.

183. **Morrison** (R.P. Robert). Dictionary of the Chinese language. *Macao*, 1815-1822, 4 vol. in-4. demi-rel. (Légères mouillures et raccommodages.)

Ouvrages de la plus grande rareté.

184. **Mutrécy** (Ch. de). Journal de la campagne de Chine, 1859-61. *Paris*, 1861, 2 vol., in-8, demi-chagr. bl.

185. **Oliphant** (L.). Narrative of the earl of elgins mission to China, and. Japan (1857-59). *Edinburgh*, 1870, 2 vol. in-8, fig. et cartes cart.

186. **Relation** de la grande Tartarie, *Amst.* 1737. — Histoire du grand Genghizcan, premier empereur des Mogols et Tartares, par Petis de La Croix. — Histoire de Thomas Kouli-Kan, roi de Perse. *Paris*, 1742. Ens. 3 vol. in-12, v.

187. **Relation** des voyages en Tartarie, par Jean Du Plan Carpin, Fr. Ascelin et autres religieux, publ. par P. Bergeron. *Paris*, 1634, in-8, v. f.

187 *bis*. **Histoire** généalogique des Tartares, par Bentinck, *Leyde*, 1726, in-8, carte, v. br.

188. **Relations** de voyages de missionnaires en Chine. — Ouvrages anciens et modernes, 9 vol. rel.

189. **Rémusat**. Eléments de la grammaire chinoise, *Paris*, 1857, in-4, demi-rel.

190. **Tachard** (Le Père). Premier et second voyages de Siam des pères jésuites, envoyez par le Roy aux Indes et à la Chine. *Paris*, 1686, 2 vol. in-4, fig. v. br.

191. **Trigault** (Le P. Nic.). Histoire de l'expédition chrestienne en la Chine, entreprise par les Pères de la Compagnie de Jésus. *Paris*, 1618, in-8, demi-maroq. bl.

Le Père Trigault est né à Douai en 1577.

192. **Wylie**. Chatty letters from the east and west. *London*, 1879, gr. in-8, cart.

193. **Relation** de la nouvelle mission des Pères de la Compagnie de Jésus au royaume de la Cochinchine, trad. de l'italien du P. Christ. Bori, par le P. Antoine de la Croix. *Rennes*, 1631, pet. in-8, parch.

Première relation de la Cochinchine. Edition française de la plus grande rareté.

194. **Relation** des missions et des voyages des évesques vicaires apostoliques et de leurs ecclésiastiques (en Cochinchine et au Tonquin) et années 1676 et 1677. *Paris*, 1680, in-8, parch. (Pigures de vers dans le fond de la marge de plus. ff.)

195. **Tunchinensis**. Historiæ libri duo, authore P. Alexandro de Rhodes. *Lugduni*, 1652, in-4, v. br.

Très rare.

196. **Charlevoix**. Histoire et description générale du Japon. *Paris*, 1736, 9 vol., in-12, fig. et cartes, v. br.

197. **Dousdebès** (Albert). Une vengeance japonaise, *Paris, Ollendorff*, 1886, 1 vol. in-8, fig. en coul. br.

Un des 50 exempl. tirés sur Japon.

198. **Kæmpfer**. Histoire naturelle, civile et ecclésiastique de l'Empire du Japon. *La Haye*, 1729, 2 vol. in-fol., planches, v. f. fil., tr. dor.

Bel exemplaire aux armes de Caraman.

DESSINS, GRAVURES ET LITHOGRAPHIES

DES XVIIe, XVIIIe ET XIXe SIÈCLES

199. **Album** d'ameublements antiques, 12 pl., in-fol., photogr., demi-chagr. n.

200. **Aquarelles** et Dessins. Vues d'Italie, Costumes, Caricatures, Portraits. 26 pièces.

201. **Boilly**. 1re et 2e Scènes de Voleurs, grav. par Gror. 2 pièces avec marges.

202. **Caricatures** diverses. Environ 40 pièces lithogr. et en couleur.

203. **Charlet**. Sujets militaires et autres. 20 pièces lithogr.

204. **Costumes** et Études de mœurs de la Révolution du Premier Empire et de la Restauration, par Pigal et autres artistes, planches extraites du Bon Genre et autres recueils. 23 pièces color.

205. **Debucourt** (P.-L.). Les Visites. — L'Orange. 2 pièces grav., avec marges.

206. **Espinasse**. Massacre de la garde nationale de Montauban, 10 mai 1790, pièce in-fol., grav., J.-B. Simonet.

207. **Estampes** à Sujets galants et autres du XVIIIe siècle, d'après Lancret, Baudouin, Carats, Regnault, Borel, Touzet, Raoux et autres. 16 pièces.

208. **Gravures** Anciennes et Modernes de tous les genres. Lot de 110 pièces.

209. **Gilbert.** Entrée triomphale des Prussiens à Paris et Rentrée à Berlin, 2 pièces in-fol. lithogr. (Caricatures.)

210. **Laurens** (J.-P.). Le Lit de mort du général Marceau, grav. par Ch. Courtry, in-fol.

Epreuve d'Artiste sur Japon, avant la lettre.

211. **Le Paon**. Revue de la maison du Roi au Trou-d'Enfer; pièce in-fol., grav. par J.-P. Le Bas.

212. Les **Jeunes Mariées**. Deux jolies Aquarelles non signées.

213. **Lithographies** en partie extraites des *Arts au Moyen Age*, publ. par M. Du Sommerard, et autres sujets en couleurs. Environ 40 pièces.

214. **Modes et Costumes** de la Révolution, du Premier Empire et de la Restauration. 50 pièces en couleurs.

215. **Monnier** (Henri) et **Grandville**. Caricatures, charges, etc. 23 pièces color.

216. **Photographies**. Sujets divers. 90 pièces.

217. **Portraits** de **Napoléon Ier**, du maréchal Ney, Vues de Batailles, etc. 12 pièces noires et color.

Ce dossier sera divisé.

218. **Portraits** de personnages de la Révolution et sujets relatifs aux événements. 70 pièces de divers formats.

219. **Sujets** divers. 23 pièces lithogr.

220. **Vernet** (Carle). Charge et retraite de Mamelucks, grav. par Debucourt. 2 pièces in-fol. avec marges.

221. **Vernet** (C.). Le Maréchal-Ferrant français et anglais, grav. par Debucourt. 2 pièces in-fol. avec marges.

222. **Vernet** (C. et H.). Sujets divers. 25 pièces lithogr.

223. **Vernet** (C. et H.). Sujets divers. 9 pièces color.

224. **Vernet** (C. et H.). Types et Costumes de la Révolution et de la Restauration. 7 pièces color. dont une noire.

225. **Vernet** (Horace). Type Oriental.
Joli petit dessin à la sépia.

226. **Vues** de Suisse, d'Allemagne et autres pays. 13 pièces in-fol. en couleur.

227. **Vues** de Villefranche, de Monaco, de Port-Maurice, etc., par Dalbe (1795). 5 aquarelles in-fol.

www.ingramcontent.com/pod-product-compliance
Ingram Content Group UK Ltd.
Pitfield, Milton Keynes, MK11 3LW, UK
UKHW020229180726
13838UKWH00005B/2272

9 782329 475011